À PETITS PETONS

Sous la direction littéraire de
Céline Murcier

Les DEUX MAISONS

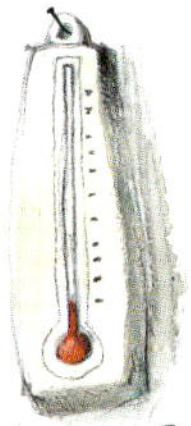

Une histoire contée par
Didier Kowarsky
Illustrée par
Samuel Ribeyron

Didier Jeunesse

Il y avait une petite maison qui était tout en sel.

Dans la p'tite maison qui était tout en sel,
il y avait un p'tit vieux
qui était tout en sel,
et une p'tite vieille
qui était tout en sucre.

Le p'tit vieux et la p'tite vieille n'arrêtaient pas de se disputer.

Il y avait des jours où ils s'aimaient,
mais il y avait surtout des jours
où ils se disputaient.

Un jour, ils se sont disputés plus fort que d'habitude ;
et le p'tit vieux qui était tout en sel
a dit à sa p'tite vieille :

– Fiche-moi l'camp !
Sale petite vieille en sucre !

– Fiche-moi l'camp !
Va te faire une maison en terre !

Et la p'tite vieille
qui était tout en sucre
est partie.

En pleurant.

Mais en pleurant pas trop,
pour pas faire fondre ses p'tites joues qui étaient tout en sucre.

Elle s'est fait une p'tite maison, tout en terre,
une très jolie p'tite maison.

Puis elle est entrée dans sa p'tite maison.

Mais elle était bien malheureuse
dans sa p'tite maison :

elle avait plus
son p'tit vieux.

Un jour, elle était trop malheureuse,
elle est allée à la maison en sel,
elle a frappé au carreau.

Le p'tit vieux est venu,
tout en sel,
il a dit :

– Non !
Va dans ta maison en terre !

Alors la p'tite vieille est repartie.

En pleurant.

Mais en pleurant pas trop,
pour pas faire fondre ses p'tites joues
qui étaient tout en sucre.

Elle est rentrée dans sa maison en terre.
Mais elle était si malheureuse dans sa maison en terre...
Elle pouvait même pas pleurer.

Alors elle a dit :

– *Je voudrais que le ciel pleure à ma place.*

Et il s’est mis à pleuvoir.

À pleuvoir
sur la p'tite maison qui était tout en sel.

Et la maison en sel s'est mise à fondre.

Le p'tit vieux qui était tout en sel est sorti de sa maison,
sous la pluie,
il est allé à la maison en terre, il a frappé au carreau.

La p'tite vieille est venue,

elle a fait :

— Non…

Et puis elle a vu qu'il pleuvait,
et que son p'tit vieux allait fondre…

Alors elle a ouvert la porte de sa maison,
et le p'tit vieux qui était tout en sel
est tombé dans les bras de sa p'tite vieille qui était tout en sucre.

Et ils se sont donné un baiser.
Sur la bouche.

Mais comme le p'tit vieux était mouillé,
ils sont restés collés.

Et quand ils ont été secs, il a fallu qu'ils se
détachent.

Et le p'tit vieux qui était tout en sel,

après le baiser,

avait la bouche tout en sucre.

Et la p'tite vieille qui était tout en sucre,

après le baiser,

avait la bouche tout en sel.

Et depuis ce jour-là,

ils sont toujours d’accord.